꿈을 지키는 카메라

꿈을 지키는 카메라

김중미 소설 | 이지희 그림

창비

차 례

꿈을 지키는 카메라
08

작가의 말
85

추천의 말
86

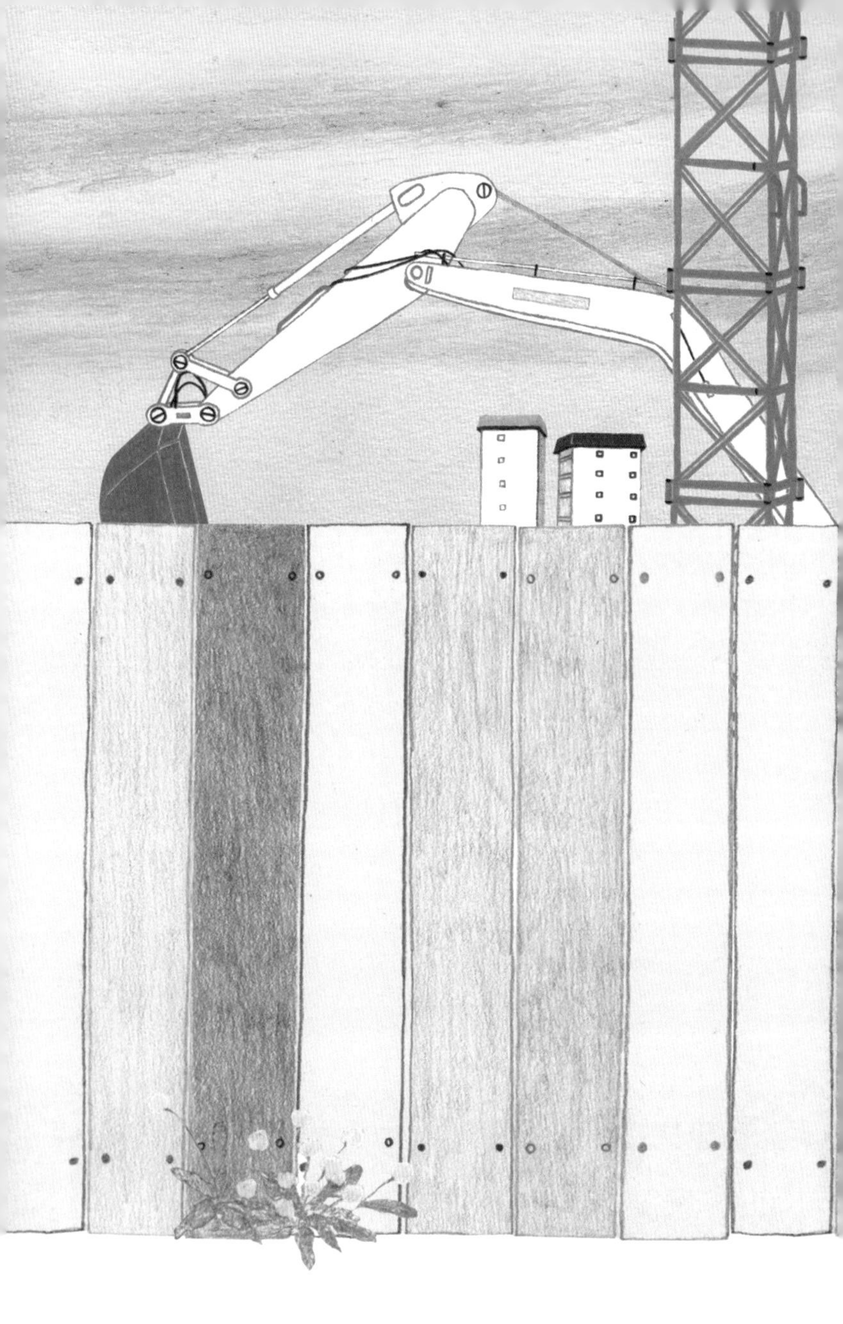

1

담임과 면담을 하고 나오니 어느새 해가 아파트 뒤로 넘어가고 있다. 여름이 가고 있다. 5교시 체육 시간만 해도 햇볕이 따가워 선크림을 덕지덕지 발라야 했는데 어느새 운동장을 가로질러 불어오는 바람이 써늘하게 느껴진다. 저녁때가 다 되었는데도 교문 너머 주택가에서는 여전히 굴착기 소리가 들린다. 기이잉 푹, 기이잉 푹. 요즘 학교 주변은 온통 공사장이다. 굴착기 소리, 쇳소리, 우지끈하며 뭔가가 넘어가는 소리, 덤프트럭 오가는 소리가 수업을 망치기 일쑤고 창문을 열어 놓으면 책상 위에 먼지가 하얗게 쌓인다. 공사장을 오가는 레미콘과 덤프트럭은 등하교 시간마다 학생들과 뒤엉켜 아슬아슬 곡예를 한다. 교문을 나서자마자 덤프트럭의 경적 소리에 깜짝 놀라 가슴을 쓸어내렸다. 소리가 난 쪽을 보니 덤프트럭 기사가 삿대질을 하며 자전거 탄 남학생을 혼내고 있었다. 남학생이 덤프트럭과 주차된 승용차 사이를 지나려다 멈춰 선 모양이었다. 나는 얼른 휴대 전화를 꺼내 그 모습을 찍었다.

"아람아!"

연서가 길 건너 분식집에 있나가 뛰어나오며 물었다.

"어떻게 됐어?"

"담임이 그냥 잘 생각해 보래. 그래서 생각해도 마찬가지라고 했어. 넌?"

연서의 눈빛이 흔들리더니 조심스레 말했다.

"나도 마찬가지지 뭐. 근데 애들이 그러는데 우리 담임 선생님 요새 부장 선생님이랑 교감한테 날마다 까인대. 다른 반에는 보충 안 하는 애들 거의 없는데 우리 반만 두 명이라고."

나는 연서의 말에 아무 대꾸도 하지 않았지만 마음이 더 무거워졌다.

작년에 부임한 교장 선생님의 목표는 전국 학력 평가 꼴찌인 우리 학교를 전국 제일의 명품 학교로 만드는 것이다. 그래서 교장 선생님이 부임한 작년 2학기부터 국어, 영어, 수학은 수준별 수업을 한다. 수업 때마다 상반, 하반으로 나뉘어 공부를 하는 건 썩 기분 좋은 일이 아니다. 그런데 이번 2학기부터는 보충 수업마저 명품반과 상, 중, 하반으로 나눴다. 1학기 기말고사를 엉망으로 본 나는 국어, 수학은 중반, 영어는 하반이 되었다. 하반은 엄청 무섭거나 우리 담임처럼 경험이 적은 선생님들이 주로 맡고, 명품반이나 상반은 아이들한테 인기 있고 실력이 있다고 소문난 선생님들이 맡았다. 수업을 우열반으로 나누는 것도 기분 나쁜데 담당 선생님들까지 우열을 가려 배치한 걸 보니 정말 부아가 치밀었다. 그래서 보충 수업 여부를 묻는 가정 통신문을 받았을 때 '아니요' 칸에 표시했다. 가정 통신문을 걷은 다음 날, 담임 선생님은 보충 수업을 안 하겠다고 한 아이들을 불러 상담을 했다. 나와 연서도 상담실로 불려 갔다. 선생님은 난감한 얼굴로 조심스레 물었다.

"너희 둘은 보충 수업을 왜 안 하려고 하니?"

"1학기 때 해 봤지만 별로 도움이 안 돼서요."

연서의 말에 선생님은 정색을 하고 말했다.

"연서야, 이번에는 달라. 너는 명품반이잖아. 명품반은 우리 학교에서도 가장 실력 있는 선생님들이 가르쳐 주는 거야. 학원 시간하고 겹치는 것도 아니니까 그냥 해."

연서가 내 눈치를 흘끗 봤다. 연서는 요즘 학원을 못 다닌다. 연서 엄마가 유아용품점을 하던 종합 상가 건물이 철거를 앞두고 있어 장사를 제대로

못 한 지 두 날째다. 셔터가 내려진 가게 앞에서 가판대를 펼쳐 놓고 재고품을 팔고 있기는 하지만 그걸로는 연서네 생활비도 나오지 않을 터였다. 연서 오빠는 지난봄 등록금 때문에 휴학을 했다.

“연서야, 명품반에 들어가는 건 선택받은 거야. 학교에서 앞으로 명품반에 지원을 아끼지 않을 거야. 보충이 도움이 되면 됐지 방해가 될 일은 절대 없어. 엄마랑 의논해 보고 내일 다시 얘기하자. 응?”

나는 연서가 당당하게 "아니요."라고 말해 주길 바랐다. 반 아이들 앞에서 했던 것처럼 보충 수업이 너무 불평등하다고, 이건 수준별 수업이 아니라 학생 차별이라고 말해 주길 바랐다. 선생님들은 공부 못하는 내 말보다는 공부 잘하는 연서의 말에 더 귀를 기울일 게 분명했다. 그런데 연서는 선생님 말에 순순히 고개를 끄덕였다. 가슴이 철렁 내려앉았다. 그러나 나는 아무래도 상관없다고 스스로 위로했다. 어차피 보충 수업을 하지 않겠다는 건 나의 결정이었다. 선생님의 눈길이 연서에게서 내게로 옮겨졌다.

"아람아, 너야말로 보충 수업 꼭 해야지. 1학기 기말고사 점수가 너무 안 나와서 하반이 됐잖아. 이번에 열심히 해서 중반으로 올라가야지."

"보충 수업 한다고 중반으로 올라가는 것도 아

니에요. 솔직히 하반은 수업 시간에 애들이 너무 많이 떠들어서 집중이 안 돼요. 학교에서도 하반에는 신경 안 쓰잖아요. 저는 그냥 혼자 열심히 할 거예요."

선생님의 얼굴이 굳었다. 선생님도 내 말이 무슨 뜻인지 모를 리가 없다. 담임 선생님은 1학기 때 하반 영어 담당이었다. 교사가 된 지 이 년도 채 안 된 데다 마음까지 여린 선생님은 수업 때마다 센 아이들한테 휘둘렸다. 하반에는 공부에 관심이 없는 아이들이 많아 수업 시간에 집중하지 않고 떠드는 것은 예사이고, 아예 MP3를 듣거나 휴대 전화 DMB로 드라마를 보는 애들도 있었다. 선생님은 그런 아이들과 실랑이를 하다가 몇 번씩 눈물을 쏟았다. 그런 선생님이 안쓰러워 나라도 정신을 차리고 수업을 들으려고 노력했지만 아이들한테 공부도 못하는 주제에 모범생인 척한다고 놀림만 받았다. 하반에도 공부를 하려는 아이들이 있었지만 수업 분위기가 제대로 잡힌 적이 없다. 그런데 이번엔 정규 수업도 아니고 보충 수업의 하반이다. 정규 수업 때는 여섯 개 반을 상반 셋, 하반 셋으로 나눈 거였지만 보충 수업의 하반은 여섯 반 중 영어 성적이 가장 낮은 서른다섯 명만으로 꾸려진다.

"그래, 아람이 네 말이 무슨 말인지 알아. 솔직히 선생님도 많이 걱정돼. 그래도 전교생이 보충 수업에 참여하게 하는 게 학교 방침이야. 너도 조회 시간에 교장 선생님 말씀 들었잖아. 우리 명성시가 전국 학력 평가 꼴찌인 거. 거기다가 우리 중구 교육청이 명성시에서 또 꼴찌야. 교육청에서 성적 올리라고 하도 압박이 심해서 교장 선생님이 태권도부랑 축구부도 없애려고 그러고 계셔. 어차피 종례는 보충 끝나고 하기 때문에 보충 안 하면 갈 데도 없어."

선생님의 말에 온몸이 옥죄어 왔다. 도대체 빠져나갈 구멍이 보이질 않았다.

선생님과 첫 상담을 한 지 사흘이 지났다. 처음에는 우리 반만 해도 보충을 안 하겠다고 하는 아이들이 열 명이 넘었지만 이제 연서와 나 둘만 남았다. 곧 나만 남을지도 모른다.

2

"전 진짜 보충 수업 안 할 거예요."

내가 짜증스럽게 말하자 담임 선생님이 애원하듯 말했다.

"김아람, 이 고집쟁이야. 제발 선생님 좀 살려 주면 안 되겠니?"

내가 끝내 대답을 하지 않자 담임은 포기한 듯 말했다.

"알았어. 그래도 일단 이번 주까지는 해. 아직 학교에서 보충 안 하는 애들에 대한 대책을 못 세웠어. 어차피 종례는 보충 수업 뒤에 있잖아."

나는 교실을 나오면서 이를 악물었다. 그래, 딱 일주일만이다.

영어 교실에만 들어오면 재채기가 그치질 않는다. 알레르기 비염이 있는 나는 먼지가 많은 곳에 가면 눈도 제대로 뜨지 못한다. 영어 하반 교실로 쓰는 이곳은 원래 창고로 쓰던 공간이다. 아무리 공부를 못하는 애들이 모인다 해도 창고로 쓰던 방을 교실로 쓰라니, 처음엔 만우절이 9월로 바뀌기라도 한 줄 알았다. 영어 하반 수업을 하러 온 우리 담임 선생님조차 놀라는 것 같았다. 선생님은 교실을 둘러보며 한숨을 내쉬더니 몹시 미안한 표정으로 말했다.

"애들아, 미안한데 여기는 방송 시설이 없어서 수업 종이 안 울리거든. 선생님이 정신을 차리고 있기는 하겠지만 누가 시간 좀 알려 줘. 지금 3시 40분이니까 4시 25분 되면 얘기 좀 해 줘."

선생님 말에 아이들이 여기저기서 웅성거렸다.

그리고 선생님의 뒤이은 말에 아이들은 아예 할 말을 잃었다.

"그리고 이 교실은 텔레비전이 없고 오디오 시설도 안 되어 있어 듣기 평가를 못 해. 정말 미안해."

잠시 침묵이 흐른 뒤 아이들의 볼멘소리가 터져 나왔다.

"와, 진짜 대박이다. 너무하는 거 아니에요? 공부 못한다고 이래도 돼요?"

"괜찮아요. 우리가 뭐 듣는다고 아나요?"

교실 뒤쪽에서는 나지막하게 욕하는 소리까지 들렸다. 선생님은 당황해서 아이들에게 미안하다는 말을 되풀이하며 어떻게든 듣기 평가를 할 수 있게 하겠다고 약속했다. 아이들의 원성은 잦아들었지만 배신감은 쉽게 사그라들지 않았다. 그리고 보충 수업 두 번째 시간인 오늘, 선생님은 녹음기를 가지고 왔다.

"자, 얘들아. 오늘은 이 녹음기로 듣기 평가 하자. 딱 이십 분만 하고 그다음에는 선생님이 팝송 하나 가르쳐 줄게."

앞에 앉은 아이들 몇몇이 선생님의 정성에 감동한 듯 고개를 끄덕였다. 그러나 그것도 잠시였다. 녹음기 코드를 벽에 있는 콘센트에다 꽂았지만 녹음기가 작동하지 않았다. 당황한 선생님이 휴대 전화로 전화를 걸었다. 누군가와 통화를 하는 담임 선생님의 얼굴이 점점 빨갛게 달아올랐다. 전화를 끊고 한동안 창밖만 바라보던 선생님이 심호흡을 하고 말했다.

"얘들아, 미안해. 이 건물 배선이 잘못되어 콘센

트를 못 쓴다는구나. 다음 주에 수리하면 괜찮을 거래."

뒤에 앉은 아이들 중 몇몇은 깔깔거리며 웃고, 몇몇은 책상을 두드리며 화를 냈다. 담임 선생님이 쩔쩔매며 변명했다.

"미안해, 얘들아. 너희도 알잖아. 우리 학교에 교실이 부족한 거. 내년 봄에 새로 짓는 건물이 완공되면 에어컨까지 나오는 교실에서 공부할 수 있을 거야. 조금만 참자. 응?"

그러나 이미 마음이 꼬여 버린 아이들은 선생님 말을 듣는 둥 마는 둥 했다.

"괜찮아요. 애초부터 우린 버린 자식이잖아요."

"상관없어요. 선생님도 낚였네요, 뭐."

아이들이 아무렇게나 툭툭 내뱉는 말에 선생님은 금방이라도 울음을 터뜨릴 것 같았다.

수업이 끝나고 교문을 나서다가 연서가 말했다.

"새로 오신 영어 선생님 정말 짱이더라. 엄청 재미있고 잘 가르쳐. 시간이 어떻게 지나갔는지도 모르겠어. 너희는 어때?"

순간 울화가 치밀었다. 나는 퉁명스럽게 되물었다.

"어떨지 몰라서 묻냐?"

연서가 어리벙벙한 눈으로 나를 쳐다보았다.

"왜 화를 내고 그래. 그냥 물어본 건데."

"그래? 몰라서 물어본 거야? 궁금하면 말해 줄게. 우리 영어 보충, 아주 쩔어."

"난 아무 생각 없이 그냥 물어본 거였어."

"알아, 나도 그냥 대답하는 거야."

말은 그렇게 했지만 나는 그냥 대답한 게 아니다. 자존심이 상하고 골이 올랐다. 물론 연서 잘못은 아니다. 공부를 잘해서 명품반에 간 거니까 연서 탓을 할 수는 없다. 아직은 연서가 보충 수업을 하겠다고 결정한 것도 아니었다. 그런데도 연서한테 화가 났다. 나는 얼떨떨해하는 연서를 혼자 두고 마을버스에 올라타 버렸다. 멀뚱멀뚱 내 뒤만 쳐다보고 있을 연서한테 미안한 마음이 들었지만 돌아보지 않았다. 마을버스에서 내려 시장으로 통하는 지하도로 들어갔다. 예전에는 꽤 번듯한 종합 상가의 지하 매장이었지만 지금은 조명조차 제대로 켜 놓지 않아 어두컴컴하기 짝이 없다. 지하 매장의 상인들은 셔터가 내려진 가게 앞에다 좌판을 벌이고 재고 상품들을 팔고 있다. 상인들 뒤로는 '임대 상인 죽이는 뉴타운 반대!', '누구를 위한 명품 도시냐? 서민 죽이는 명품 도시 집어치워라.' 따위의 플래카드가 걸려 있다. 연서 엄마도 그곳에서 ‘80% 세일’이라는 팻말을 세워 놓고 유아용품을 떨이하고 있다. 나는 곁눈질로 연서네 가게 쪽을 바라보았다. ‘단결 투쟁’이라고 쓴 군청색 조끼를 입은 연서 엄마가 다른 상인들과 이야기를 나누고 있었다. 연서 엄마가 못 알아보게 얼굴을 돌리며 지나치다가 연서 엄마와 상인들이 나누는 이야기를 들었다.

“그래도 나는 연서 때문에 살지. 이번에도 명품반에 들었대.”

“명품반?”

“응, 걔네 학교는 보충 수업도 우열반을 나누거든.”

“다행이네. 엄마는 아기 옷도 짝퉁만 골라다 파는데 딸이라도 명품이 됐으니…….”

ㅋ

사진 좋습니다. 친구 소개로 알게 되었습니다. 사십 년 된 삼계탕집이 헐렸다니 마음이 아픕니다. 제가 사는 곳도 뉴타운 지역입니다. 부모님이 하시던 족발집이 문을 닫게 생겼습니다. 종종 오겠습니다.— 뉴타운 반대!

어제 블로그에 새로 올린 사진에 댓글이 달려 있었다. 댓글은 단 한 개뿐이지만 사진에 공감한 사람이 다섯 명이나 되고, 다녀간 블로거도 스무 명이나 된다. 흐뭇했다. 덕분에 학교에서 망친 기분이 좀 나아졌다.

만두 가게 앞에 있는 커다란 찜 솥에서 김이 모락모락 나고 있었다. 가게에 손님은 아직 한 명도 없었지만 엄마와 할아버지는 몹시 바빴다. 훌라후프 크기만 한 채반의 면 보자기 위에 윤기가 자르르한 만두가 김을 모락모락 내며 먹음직스럽게 줄을 서 있다. 엄마와 할아버지는 그 만두를 한꺼번에 열 개씩 집어 일회용 도시락에 넣었다.

"우와, 단체 주문이야?"

"응. 바쁘니까 단무지 좀 다섯 개씩 나눠서 비닐에 넣어 줘."

엄마 목소리가 모처럼 밝다.

"어디서 이렇게 주문을 많이 했어?"

"명성고등학교 다닐 때 우리 집 단골이던 사람들이 순대 골목에서 동창회를 한단다. 다들 우리 만두가 먹고 싶다고 해서 주문했대. 자그마치 오십 인분이다."

"우와, 대박이다."

만두
기만두 1판
김치만두 1판

"봐라. 우리 만두가 얼마나 유명한지 알겠지? 일본은 말이다, 백 년 넘은 우동집, 덮밥집이 수두룩하단다. 우리나라도 그렇게 대를 이어 하는 서민 음식점이 있어야 하는데 말이지."

할아버지 말에 모처럼 밝았던 엄마의 얼굴이 어두워졌다. 우리 만두 가게는 사십 년 전통을 자랑한다. 4인용 탁자가 여섯 개밖에 안 되는 작은 가게지만 만두 맛만큼은 알아준다. 한창 장사가 잘되던 때는 만두를 사기 위해 줄을 10미터씩 섰다고 했다. 요즘도 주말이면 대여섯 명씩 줄을 선다. 우리 만두 가게는 옷, 포목, 그릇, 가방 따위를 파는 구시장과 부식거리, 청과물을 파는 신시장을 잇는 길목에 있다. 시장에서 기차역이 멀지 않은 데다 주변에 중고등학교와 영화관이 있어 단골이 무척 많았다. 전문 대학을 졸업하자마자 할아버지한테 만두

빚는 기술을 배운 아버지는 만둣집을 가업으로 삼아 백 년 전통의 만둣집을 만드는 게 꿈이었다. 명성시 시장님이 느닷없이 우리 명성시를 명품 도시로 만들겠다는 꿈을 꾸지만 않았다면 아버지의 꿈은 이루어질 수 있었을 것이다.

명성시에서 가장 오래된 서민 지역인 중구 지역을 뉴타운으로 개발한다는 계획이 발표된 건 이 년 전이다. 몇 배로 뛴 땅값 보상에다 목 좋은 상가 분양까지 받을 수 있는 형편 좋은 사람들은 뉴타운 개발을 찬성했지만, 시장 사람들 대부분은 재개발을 반대했다. 뉴타운 지역에 들어설 상가는 시장 사람들을 다 수용할 수 없는 데다 분양가도 턱없이 높았다. 게다가 가게를 세내어 장사하던 사람들에게는 상가 분양권을 주지 않고, 장사를 시작할 때 내고 들어온 권리금마저 되돌려 받을 길이 없었다.

시장 사람들은 재개발 조합과 재개발 대책 위원회로 갈렸고 아버지는 대책 위원회 총무를 맡았다. 그 뒤 이 년이 지나는 동안 아버지와 대책위 아저씨 아줌마들은 툭하면 경찰에 연행되고 공무 집행 방해죄, 특수 손괴죄, 상해죄 따위로 기소까지 되었다. 그러다가 석 달 전, 아버지와 대책 위원장 아저씨가 구속되었다.

그날 사건은 철거 용역들이 장사를 하고 있던 한양 포목점을 무단으로 철거하려는 바람에 일어났다. 오십 년 전에 한양 포목점을 시작한 주인 할머니는 가게를 철거하려면 자기부터 죽이라며 굴착기 앞에 드러누웠다. 할머니와 실랑이하던 철거 용역들은 갑자기 할머니를 들어 길바닥에다 내려놓았다. 그걸 지켜본 시장 사람들은 분노를 참지 못했고 철거 용역과 큰 싸움이 벌어지고 말았다.

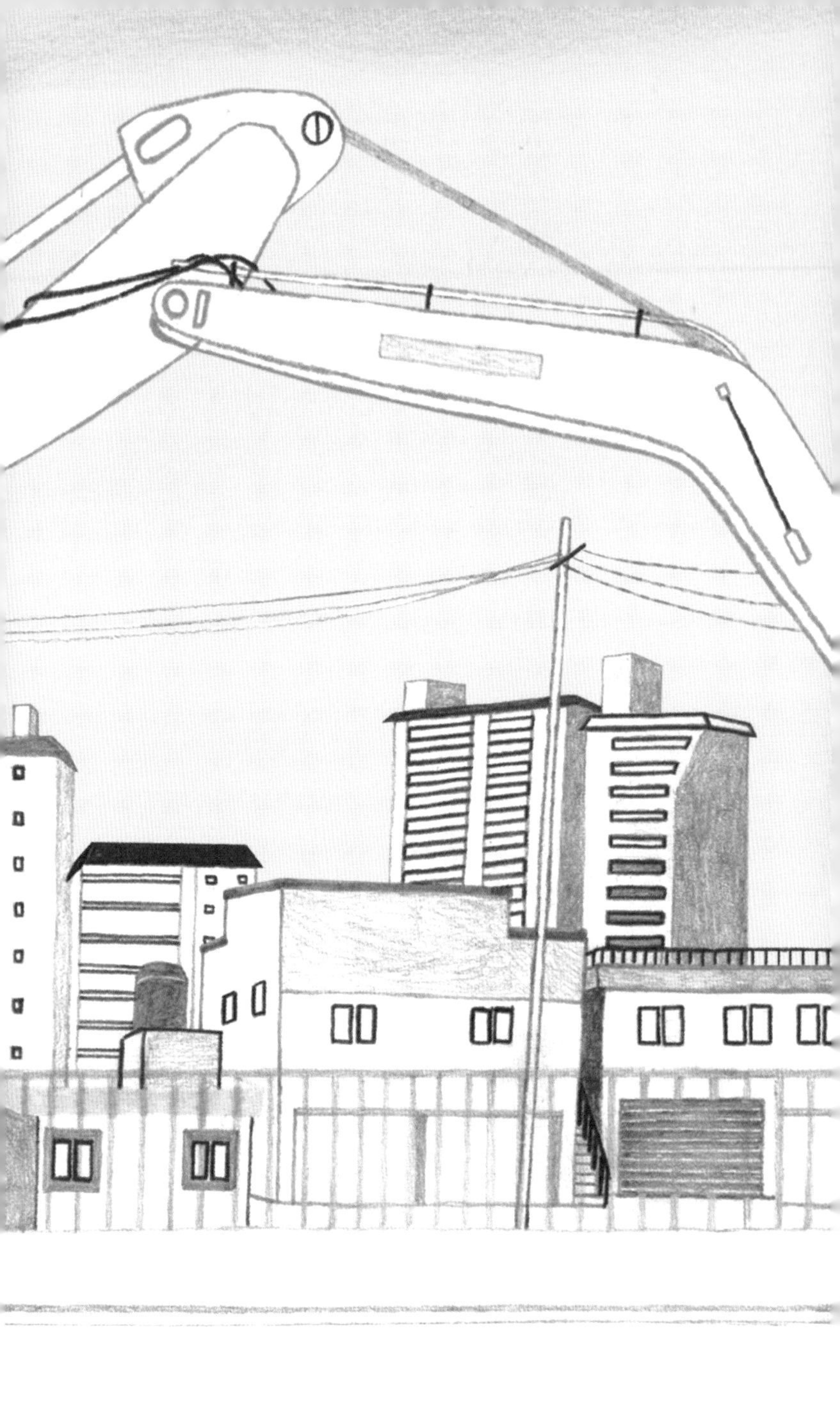

그날 구두점 아저씨는 이가 두 개나 부러졌고, 한양 포목점 아저씨는 누군가가 내려친 각목에 맞아 정수리를 일곱 바늘이나 꿰맸다. 우리 아버지도 어깨와 무릎을 다쳤다. 그러나 그날 연행된 것은 아버지와 시장 사람들뿐이었다. 재개발 광풍이 몰아치기 전 우리 아버지의 별명은 '부처님 가운데 토막'이었다. 그런 아버지가 폭력 범죄자가 되었다.

내가 블로그에 우리 동네와 시장 이야기를 올리기 시작한 것은 그때부터다. 아버지가 구속되던 날 답답한 마음으로 블로그에 들어갔다가 한양 포목점을 강제 철거할 때 찍어 두었던 사진과 동영상을 올렸다. 억울한 마음을 거기에다가라도 쏟아 내고 싶었다. 그런데 다음 날 블로그에 들어가 보니 놀랍게도 나와 비슷한 경험을 한 블로거가 다녀가며

위로의 말을 남겼다. 설레는 마음으로 그의 블로그를 방문했다. 거기서 산 아래 오순도순 모여 있는 한옥 마을과 재개발 뒤 고층 아파트 단지가 된 한 마을을 만났다. 명품 도시 때문에 밀려나는 사람들은 우리만이 아니었다. 그때부터 나는 아버지의 낡은 카메라로 굴착기에 부서지는 오십 년 된 시장 건물들과 하루아침에 삶의 터전을 잃게 된 시장 사람들의 모습을 찍어 블로그에 올렸다. 그리고 신문 기사에 단 한 줄도 실리지 않는 억울한 일들을 블로그에 기록했다. 시간이 지나면서 이웃이 늘어나고 방문자도 많아졌다. 아버지의 빈자리가 그렇게 채워졌다.

4

"아람아."

누군가 부르는 소리에 뒤를 돌아보았다. 연서네 오빠인 연우 오빠였다. 지난봄 휴학을 한 뒤 공장에 다닌다더니 요즘은 피자 배달을 하는 모양이다.

"오빠, 거기서 일해?"

"응. 이제 보름 됐어. 이따 연서랑 놀러 와. 이 오빠가 피자 쏠게."

미시즈 피자는 시내로 나가는 길모퉁이에 있다. 한 판 값에 두 판을 주는 데라 우리 집 건너편 아파트 사람들 상대로 꽤 장사가 잘된다는 얘기를 들은 적이 있다.

"재미있어?"

"뭐가?"

"피자 배달."

"재미있겠냐?"

"그래도 얼굴은 좋아 보이는데?"

"그렇게 보이면 다행이고. 아름이는 공부 잘하고 있냐? 걔 서울대 간대?"

"서울대는 무슨, 명성여고 명성 사라진 지 오래래. 여기서는 서울에 있는 대학만 가도 잘 가는 거래. 신도시 쪽 애들이나 잘하지."

"따지고 보면 다 거기서 거긴데……. 나 간다."

나는 연우 오빠의 뒷모습을 보며 마음 한구석이 서늘해졌다. 연우 오빠가 어떻게 대학을 갔는지 알기 때문에 오빠가 휴학을 한다 했을 때 속이 상했다. 오빠는 정보 산업고를 나왔다. 연우 오빠는 중학교 2학년 때 심하게 따돌림을 당한 뒤 공부를 하지 않았다. 연우 오빠는 성격이 밝고 까불까불해

초등학교 때부터 친구 관계가 무척 좋았다. 왜 아이들에게 따돌림의 대상이 되었는지 아직도 모르겠다. 또래보다 덩치가 작아서 그런 건지, 너무 활달한 성격이 눈에 거슬렸던 건지……. 그냥 어느 날 센 척하는 아이한테 찍히면서 오빠는 까닭 없이 미운 아이가 되었다. 그때쯤이었다. 연서가 오빠가 학교를 안 나가는 것 같다고 걱정했던 것이. 그리고 중학교를 겨우 졸업하고 정보 산업고를 갔다. 공부를 워낙 못했던 탓에 로봇 공학과에 배정받았다. 로봇 공학과가 뭐 하는 곳인지 아는 사람은 아무도 없었다. 연우 오빠는 내내 잠만 자다 왔다. 그러다 고등학교 2학년 때 컴퓨터 관련 자격증을 딴 걸로 전문 대학에 진학했다. 연서네는 가게가 있어서 차상위 계층 혜택도 받지 못했다. 오빠는 고등

학교 때도 안 해 본 아르바이트가 없다. 뷔페 설거지, 돼지갈빗집 불 갈이, 전단지 돌리기, 피자 배달, 치킨 배달까지. 대학에 가서도 오빠는 편의점 아르바이트, 술집 서빙 등 가리지 않고 일했다. 그런데도 학교를 휴학할 수밖에 없었다. 그런 연서네 집에서 공부 잘하는 연서는 보물이나 마찬가지다. 그걸 뻔히 알면서도 연서만 보면 거미치미는 마음을 감출 수 없었다.

"김아람, 너 이리 와."

자정이 다 돼서 2층으로 올라온 엄마의 표정이 예사롭지 않았다. 책상 앞에 앉아 인터넷 강의를 듣던 언니까지 한심하다는 듯이 나를 내려다보았다.

"아람이 너 왜 보충 안 한다고 했어?"

내가 얼른 대답을 하지 못하자 엄마가 다그쳐 물

었다.

“도대체 왜 보충은 안 한다고 해서 선생님이 전화까지 하게 만드니? 너 혹시 보충 수업비 걱정돼서 그래?”

엄마의 말이 끝나기 무섭게 언니가 깔보듯이 말했다.

“참 내, 엄마는 아람이를 몰라서 그래? 재가 돈 때문에 그랬겠어? 공부하기 싫으니까 그러지.”

나는 언니를 흘겨보며 쏘아붙였다.

“아니거든. 괜히 잘난 척하지 마.”

“그럼 뭐야?”

얼른 말이 나오지 않아 우물쭈물하다가 대답했다.

“자존심 상해서 그래. 우리 이번부터 보충을 명품반이랑 상중하 반으로 나눠.”

언니의 얼굴이 금세 일그러졌다.

"김아람, 너 설마 하반은 아니겠지?"

"하반이라면 어쩔 건데?"

"세상에 기가 막혀서."

언니가 어처구니없다는 듯이 코웃음을 쳤다. 고까운 마음에 눈을 부릅떠 언니를 노려보자 엄마가 얼른 나섰다.

"아름아, 1학기 때는 아람이가 공부할 형편이 아니었잖니. 넌 야자하느라 밤늦게나 오니까 몰랐나 본데 엄마가 아빠 재판 쫓아다니는 동안 아람이가 할아버지 도와서 장사했어."

언니는 엄마가 내 역성을 들어 주자 못마땅한 얼굴로 엄마에게 말했다.

"엄마도 이젠 쟤 공부에도 신경 좀 써. 쟤 저러다 정말 대학도 못 가고 빌빌거리면 어떻게 할 거야?"

엄마가 내 눈치를 보며 말했다.

"아람이도 이제 잘하겠지. 보충 수업 하고 그러면 금세 중반 올라갈 거야."

나는 엄마의 기대가 얼마나 터무니없는 것인지 알려 주어야만 했다. 하반 교실의 상태, 명품반과 하반의 차이에 대해 설명한 뒤 덧붙였다.

"엄마, 나 보충 안 해도 중반 갈 수 있어. 하반 들어가면 공부 더 못 해. 하반은 수업을 보강해 주기 위해서 만든 반이 아니라 수업을 방해하는 애들을 그냥 한꺼번에 몰아넣으려고 만든 거나 마찬가지야."

엄마의 얼굴이 붉으락푸르락했다. 그러나 언니는 여전히 비꼬는 투로 말했다.

"그렇지 않은 학교가 얼마나 되겠어? 그럴수록 악착같이 공부해야지. 보충 들어. 원래 공부 못하는 애들이 꼭 자존심이니 뭐니 하는 거야."

언니의 말투에 울화가 치밀었다.

"공부 못하는 애들은 자존심도 없는 줄 알아? 언니는 공부 잘하니까 자존심이 있어도 되고, 나는 그런 거 없어도 상관없다는 거야?"

"자존심 지키려면 일단 공부하라는 얘기야. 공부 못하는 애들이 자존심이니, 차별이니 하면 누가 알아주기나 하냐?"

"그럼 공부 못하는 애들은 학교에서 차별을 해도 무조건 꾹꾹 참고, 나중에 공부 잘하게 되면 그때 자존심을 찾으라고? 그게 말이 돼? 원래 학교는 우리처럼 공부 못하는 애들을 더 잘 가르쳐 주고 이끌어 주는 데 아니야? 보충 수업 하러 갈 때마다 내가 쓰레기가 된 것 같은 느낌이 든다고. 그래서 공부고 뭐고 다 싫어지려고 그런다고."

내 말에 언니가 야멸스럽게 말했다.

"공부 안 하면 평생 그렇게 살아야 돼."

나는 분한 마음에 울음을 터뜨리고 말았다. 당황한 엄마가 언니를 나무랐다.

"너는 언니가 돼서 그렇게밖에 말 못 하니? 아람이 말이 틀린 건 아니지. 학교에서 성적이 떨어지는 애들을 더 감싸고 잘 이끌어 줘야지. 그렇게 방치하고 차별하면 안 되지. 아람아, 일단 오늘은 그만하자. 엄마가 내일 학교로 전화를 하든가 찾아가서 의논해 볼게."

이불을 덮고 누웠다. 속상해하던 엄마의 얼굴이 눈앞에 어른거린다. 괜히 아무것도 몰랐던 엄마를 더 힘들게 한 것 같아 미안했다. 언니 말대로 남들처럼 그냥 보충 수업을 하고, 차별을 받든 말든 상관없이 마음이 편하면 얼마나 좋을까? 그런데 나는 그게 잘 안 된다. 언니는 1시가 넘도록 인터넷 강의에서 눈을 떼지 않는다. 언니는 아버지가 구속된 뒤 더 이를 악물고 공부만 한다. 언니의 꿈은 교대에 가서 초등학교 선생님이 되는 거였다. 뉴타운 개발만 아니었다면, 아버지가 재개발 대책 위원회 총무를 맡지 않았다면 언니는 그 꿈을 계속 간직했을 것이다. 그런데 이제는 언니의 꿈이 바뀌었다. 언니의 꿈은 돈 많이 버는 CEO나 힘 있는 정치가가 되는 거다. 나는 언니의 그 꿈이 슬프다.

5

"있잖아. 나 보충 하기로 했어."

연서가 어렵게 고백했다. 어차피 그럴 거라는 걸 알고 있었으면서도 몹시 섭섭했다.

"울 엄마한테 내가 유일한 희망인 거 알잖아. 엄마가 내가 명품반이라는 거 알고는 담임한테 전화해서 무조건 하게 해 달라고 했대."

나는 연서 말에 대꾸하지 않고 내 자리로 돌아와 앉았다. 그리고 하루 종일 연서에게 말을 걸지 않았다. 연서는 청소 시간이 다 끝날 때까지도 내 주위를 빙빙 돌며 쩔쩔맸다. 나는 할 수 없이 연서에게 말했다.

"나 남아야 해. 오늘 마지막 상담이잖아. 먼저 가."

연서는 어깨를 축 늘어뜨린 채 교실을 나갔다.

나는 창문가로 가 연서가 교문을 나갈 때까지 멍하니 바라보았다. 연서가 탄 마을버스 너머로 아파트 공사장의 타워 크레인이 보였다. 우리 만둣집이 있는 명성시 중앙동도 이제 저렇게 고층 아파트로 뒤덮일 테고 머지않아 우리는 그곳을 떠나야 한다.

담임은 약속 시간이 오 분 정도 지나서 교실로 왔다. 담임의 얼굴이 별로 좋지 않았다. 아까 반장 말로는 교장한테 불려 가 엄청 혼났다고 했다. 부모님이 교사인 반장 말에 의하면 앞으로는 학생들의 성적에 따라 교장이나 교사의 성과급이 달라진다고 했다. 그래서 학교 전체가 더 성적 향상을 부르짖는 거라고 했다. 그렇다면 우리 담임은 아마 날마다 교장실에 가서 깨지고 와야 할 것이다.

"아람아, 아직도 네 결심은 변함없어?"

"네."

담임이 한숨을 내쉬고 말했다.

"그럼 하반 애들이 떠든다는 거 말고 내가 정말 납득할 수 있는 말로 나를 설득해 봐."

날마다 머릿속으로 되풀이하던 말인데도 쉽게 입 밖으로 나오지 않았다.

"아무 말이나 해도 돼."

선생님의 표정을 살폈다. 선생님은 정말 아무 말이나 해도 다 들어 줄 것 같은 표정이었다. 이미 혼날 걸 다 혼나서 무슨 말이나 해도 상관없을 것 같은 그런 느낌이라고나 해야 할까?

"불공평해요. 아무리 교실이 모자라 새로 짓는 중이라고 해도 명품반 애들을 거기다 데려다 놓진 않잖아요. 우리는 선생님들한테 공부 못하는 떨거지들이라고 무시당하고, 애들한테도 놀림감이 돼요. 나는 단지 영어를 못할 뿐인데 학교는 내 영어 성적으로 나를 구제 불능에 쓸모없는 인간으로 취급해 버려요. 제가 보충을 하면 스스로 그걸 인정하는 거잖아요. 그래서 하기 싫어요."

선생님은 내 말이 끝나자 헛기침을 몇 번 하더니 힘겹게 입을 뗐다.

"아람아, 맞아. 그렇게 느낄 수 있어. 오히려 그렇게 느끼지 않는 아이들이 이상한 건지도 몰라. 솔직히 말하면 교무부장 선생님이 보충 수업을, 그것도 2학년 영어 하반을 맡으라고 했을 때 나도 눈물이 핑 돌았어. 너도 알지? 내가 별로 능력 있는 교사가 못 되잖아. 그래서 밀려나는 느낌이 들었어. 내가 무능하다는 걸 선생님들과 학생들 앞에 다 드러내는 것 같아서 창피했지. 겨우 마음을 추스르고 첫 수업에 들어갔는데 교실이 그 모양이잖아. 방송이 안 된다는 건 알았지만 정말 그 정도인지는 몰랐거든. 그냥 되돌아서 나가고 싶었어. 그런데 난 선생님이잖니? 겨우 마음을 추스르고 공부를 시작했는데 애들은 딴청만 피우고……. 그 순간에 나는 내 생각만 했던 거 같아. 너희가 어떻게 느낄지는 깊게 생각하지 못했어. 정말 미안해. 근데 아람아, 나는 걱정이 돼. 네가 반항심 때문에 너 자신까지 포기할까 봐. 공부를 포기할까 봐."

포기라는 말이 거북하게 들렸다. 나는 볼멘소리로 대답했다.

"보충 안 한다고 저를 포기하는 건 아니죠. 전 절대 저를 포기 안 해요. 이미 학교에서는 포기했을지 몰라도……."

선생님 눈에 눈물이 핑 돌다 사라졌다. 그리고 더는 보충에 대해 묻지 않았다. 그 대신 연서나 우리 집 형편에 대해 묻더니 불쑥 장래 희망을 물었다. 순간 멍해졌다. 내 꿈이 뭐였더라? 한참 만에야 내 꿈은 아버지의 만두 가게를 이어받아 백 년 전통의 만둣집 주인이 되는 거였음을 떠올렸다. 하지만 그 꿈은 이미 깨져 버렸다. 그런데 그때 불현듯 뭔가가 떠올랐다.

"전 VJ나 사진가가 되고 싶어요."

"VJ?"

"네, 카메라를 들고 세상 곳곳을 다니면서 숨겨진 사람들의 이야기를 알려 주는 비디오 저널리스트요. 억울한 얘기, 세상에 꼭 알려야 할 얘기, 가슴 뭉클한 이야기 같은 걸 전해 주는 사람이 되고 싶어요."

"음, 멋진 꿈이네. 그런 꿈을 갖게 된 계기라도 있니?"

나는 선생님에게 명성 중앙 시장과 주변 동네의

재개발에 대해서 털어놓았다. 사진을 찍게 된 동기와 블로그에 대해서도 말했다. 선생님은 내 블로그를 보고 싶어 했다. 컴퓨터를 켜고 블로그를 열었다. 블로그 첫 화면에는 어제 올린 고양이 가족 사진이 있었다. 지난 주말, 사십 년 된 삼계탕집이 헐린 자리에 갔다가 건물 더미 밑에서 어미와 새끼 길고양이들을 만났다. 가끔 우리 만둣집에 와서 아버지한테 돼지비계를 얻어먹고 가던 고양이였다. 아마 삼계탕집 어딘가에 숨어 살다가 졸지에 집을 잃은 모양이었다. 어미 고양이는 앞발을 치켜들고 발톱을 있는 대로 드러내며 경계했다. 나는 캬캬 소리를 내며 등을 구부리는 어미 고양이에게 카메라를 들이댔다. 처음에는 어미 뒤에 숨었던 아기 고양이들이 제 어미를 따라 등을 활처럼 구부리더니 털과 꼬리를 세우고 싸울 태세를 했다. 고양이

가족이 보금자리를 지키기 위해 맞서는 모습이 꼭 우리 시장 사람들을 닮은 것 같아 코끝이 찡했다. 고양이 가족에게 미안한 마음을 무릅쓰고 사진을 찍었다. 그리고 어제 새벽 2시까지 그 사진을 블로그에 올렸다. 선생님은 사진을 찬찬히 들여다보며 말했다.

"아람이한테 이런 면이 있는 줄 몰랐어. 고맙다."

왜 선생님이 고맙다고 하는지 알 수는 없지만 멋지다는 칭찬에는 어깨가 으쓱했다. 상담을 마치고 교실을 나서는데 선생님이 내 뒤에다 대고 말했다.

"아람아, 너 내일부터 보충 안 해도 돼. 교장 선생님이 보충 안 하는 애들은 도서관에서 자습시키라고 하셨어. 전교에서 딱 다섯 명이다."

원하는 대로 됐건만 왠지 마음이 무거웠다.

학교를 나서는데 연서가 뒤에서 숨어 있다 나왔다.

“스토커냐?”

나는 못마땅한 투로 내뱉었다.

“응.”

연서가 짧게 대답하고 내 눈치를 살피다 말했다.

“아람아.”

연서가 내 앞에서 쩔쩔매는 걸 보니 미안한 마음보다 짜증부터 났다.

“뭐?”

퉁명스러운 내 물음에 연서가 작은 소리로 대답했다.

“난 너밖에 없어.”

“뭐가?”

“친구.”

그건 나도 마찬가지였다. 연서처럼 나에 대해 속속들이 다 아는 친구는 더 없다. 나는 이랬다저랬다 변덕 부리는 애들은 딱 질색이다. 연서는 금세 토라지고 삐치는 여자애들과 달랐다. 이번에도 연서가 잘못한 건 별로 없다. 그저 나 혼자 마음이 꼬여 그러는 거다. 연서는 바르고 착한 아이다. 연서 같은 친구를 잃고 싶은 마음은 눈곱만큼도 없다. 그런데 나는 속마음과 다른 말을 했다.

"그래서? 배신을 때려 놓고는 친구 없는 게 겁나서 변명하려고?"

연서 눈에 눈물이 그렁그렁해졌다. 코끝이 찡했지만 나는 고개를 팽 돌려 버렸다.

6

아람아, 아람이의 멋진 꿈 덕분에 선생님도 다시 꿈을 갖기로 했어. 꿈을 잃어버린 아이들의 꿈을 되찾아 줄 수 있는 선생님이 되는 거. 영어 하반 선생님으로서도 어떻게 재미있게 수업할지 더 고민해 보려고 해. 앞으로도 멋진 사진 기대할게.

집에 오자마자 컴퓨터를 켜고 블로그를 열어 선생님의 댓글을 몇 번이고 읽어 보았다. 기분이 좋았다. 나는 애써 연서 생각을 떨쳐 버리고 가방을 놓고 옷을 갈아입었다. 그리고 서둘러 가게로 가기 위해 나섰다. 만두 가게로 가다가 멈춰 섰다. 긴 생머리를 묶고 선글라스를 낀 장 씨 아저씨가 반액 세일 팻말을 거둬들이고 있었다. 이제 쪼리 두세 개와 워커만 남아 있다.

"아저씨 뭐 해?"

"우리 아람이 왔구나. 이제 며칠 있으면 여기도 헐리니까 정리를 해야지."

"안 돼요."

내 말에 아저씨 눈이 휘둥그레졌다.

"아저씨, 이대로 문 닫으면 안 돼."

아저씨는 나를 물끄러미 내려다보다 가게로 들어가며 따라오라고 손짓을 했다. 가게는 폭이 3미터도 안 될 만큼 좁다. 아저씨는 벽에다 선반을 만들어 갖가지 신발을 진열하고 왼쪽에는 진열대를 만들어 같은 종류의 신발을 가지런히 올려놓았다. 진열대 뒤에는 아저씨가 나무로 직접 만든 작은 의자와 탁자가 있고 그 뒤가 아저씨 작업실이었다. 내가 초등학교 때는 가게에서 일하는 오빠들 한두 명이 꼭 있었고, 가게의 첫 주인이었던 아저씨의

아버지도 나와서 신발을 만들었지만 지금은 썰렁하기 짝이 없다. 귀가 멍하도록 돌아가던 가죽 꿰매는 재봉틀 소리가 들리지 않고 툭툭거리던 망치 소리도 들리지 않는다. 시큼하던 가죽 냄새도, 머리가 지끈거릴 정도로 독하던 본드 냄새도 나지 않는다. 아저씨 작업대 위에 걸린 색색의 실, 너무 낡아 이제 잿빛이 도는 여러 크기의 신발 모형, 작업대 위의 고무망치, 나무망치, 구두칼, 쪽가위, 반달 모양의 칼, 삽처럼 생긴 칼, 송곳, 자 들이 어지럽게 널려 있었다. 눈물이 핑 돌았다.

"아람이, 사이다 줄까?"

아저씨가 하도 낡아 연두색 시트지를 바른 소형 냉장고에서 사이다를 꺼내 내밀었다. 나는 고개를 저었다. 어렸을 때는 아저씨의 냉장고에서 나오는 갖가지 음료수 때문에 문턱이 닳도록 드나들었지만 지금은 음료수 따위는 쳐다보고 싶지 않다.

"아저씨 가게 없어지면 나 어디 가서 놀아?"

목멘 소리에 아저씨가 의자에 걸터앉으며 말했다.

"그러게 말이다. 나는 어디서 놀지?"

선글라스를 낀 아저씨의 눈은 볼 수 없지만 아저씨의 목소리가 젖어 있었다.

"너무 속상해."

"철거가 안 돼도 이거 오래 못 해. 누가 사 신지도 않고 이 기술을 배우겠다는 사람도 없고. 베트남이랑 중국에서 싼 신발이 얼마나 들어오는데……. 그러잖아도 아저씨 직업 바꾸려고 했어."

아저씨와 아버지가 술을 마실 때마다 엿들었던 말이다. 그러나 아버지는 집에 돌아와 늘 말했다.

"그 녀석 그만 못 둬. 배운 게 그것뿐인데……."

나는 멍하니 있다가 가방에서 사진기를 꺼냈다. 때 묻은 아저씨의 작업장 곳곳을 찍고, 아저씨의 구두들을 찍었다. 그리고 밖으로 나가 'Jang's 통가죽 슈즈' 간판을 찍었다. 하얀 양철판에 아크릴로 돋을새김해 글자를 만든 간판은 낡고 촌스러웠다. 그래도 아저씨는 아저씨 아버지가 걸었던 처음 간판을 바꾸지 않았다. 우리 할아버지 만둣집보다 일 년쯤 먼저 문을 열었다는 구두점은 아저씨의 아버지인 장 씨 할아버지가 만들었다. 미군 부대 앞에 있는 수제화 가게에서 구두 기술을 배운 장 씨 할아버지가 여기다 가게를 얻어 신발을 만들기 시작했단다. 할아버지의 구두 기술은 우리 아버지의 동갑 친구인 장 씨 아저씨가 이어받았다. 장 씨 아저씨의 통가죽 신발은 튼튼하면서도 독특했다. 가장 많이 팔리는 것은 흔한 캐주얼 신발이었지만 아저씨는 끊임없이 새로운 디자인의 신발을 만들었다. 색색의 가죽 샌들, 예전에 클럽이나 카바레에서 연주하는 사람들이 일부러 멀리까지 와 사 갔다던 남성용 통굽 가죽 구두, 아저씨가 미국 영화를 보고 영감을 얻어 가죽에 인두로 지져 무늬를 내서 만든 워커. 유명 브랜드에서는 볼 수 없는 아기자기하고 독특한 아저씨의 구두는 단골이 아니면 소화해 낼 수 없었다. 아저씨의 구두점은 이 년 전에 텔레비전 생방송 프로그램에 소개되기도 했었다. 그때 반짝 아저씨네 구두가 잘 팔렸다. 그러나 잠깐뿐이었다. 나는 아저씨네 가게에서 나는 가죽 냄새와 본드 냄새가 좋았다.

"아저씨, 저기 서 봐."

아저씨를 재봉틀 옆 작업대 앞에 세웠다. 그리고 사진기를 들었다. 단정히 빗어 올린 아저씨의 머리, 금박으로 수를 놓은 검정 셔츠와 선글라스. 아저씨의 구두를 사러 오는 사람 중에는 아저씨의 특이한 옷차림 때문에 찾는 사람도 있었다. 아저씨는 공고에 다닐 때만 해도 엘비스 프레슬리 같은 가수가 되는 게 꿈이었다고 했다. 그래서 아저씨는 지금도 나팔바지를 즐겨 입는다. 나는 사진을 찍다 말고 아저씨에게 물었다.

"아저씨, 꿈이 뭐야?"

"꿈? 이 나이에 꿈은."

아저씨가 멋쩍게 웃었다.

"그래도 생각해 봐."

내 채근에 아저씨가 말했다.

"계속 구두 만드는 거지 뭐."

검은색 선글라스를 낀 장 씨 아저씨는 길 건너편에서 가게가 헐리는 모습을 지켜보았다. 아저씨는 철거가 끝나자 폐허가 된 구두점 주변을 탑돌이 하듯 몇 바퀴 돌다가 우리 집으로 와서 만두를 시켰다. 장 씨 아저씨의 손은 구두를 만들면서 생긴 흉터로 거칠었다. 장 씨 아저씨는 그 손으로 만두를 먹고 할아버지와 마지막 악수를 나눴다. 나는 할아버지와 아저씨가 잡은 두 손을 클로즈업해 찍었다. 할아버지와 아저씨의 두 손에 명성 중앙 시장의 역사가 담겨 있었다.

“이거 정말 네가 찍었어?”

언니가 어깨너머로 장 씨 아저씨 사진을 보다가 깜짝 놀라며 물었다.

“응.”

“어쭈, 제법인데.”

언니한테 칭찬을 받기는 처음이다. 기분이 좋아지려는데 언니가 꿀밤을 먹였다.

“그러니까 공부하라고. 재주 썩히지 않으려면 공부해서 대학 가.”

그럼 그렇지. 언니의 결론은 늘 똑같다. 그래서 언니 말에 딴죽을 걸고 싶어졌다.

“언니는 공부가 모든 문제의 답이라고 생각해?”

“응.”

“왜?”

“우리가 여기서 쫓겨나는 거, 아빠가 잘못한 것도 없으면서 감옥 간 거 다 힘이 없어서 그런 거니까. 힘을 기르려면 성공해야 해. 우리처럼 돈 없고 백 없는 사람들이 성공하는 길은 공부하는 것밖에 없어.”

“공부 잘한다고 다 성공하는 건 아니잖아.”

“그렇지. 그래도 최소한 SKY 나오면 성공하는 열쇠 하나는 얻은 게 되니까. 취직도 아무래도 잘될 거고, 사회적으로도 인정받고, 또 그 대학 졸업생들은 지질한 사람보다는 잘나가는 사람이 많을 테니까 내가 만나는 사람들의 급이 달라지는 거지.”

“급이 다르다고? 하긴 우리 영어 선생님이 그러더라. 요즘은 서울대에 강남 애들이 제일 많다고.

그렇다고 뭐 언니가 달라져? 언닌 어차피 대학 가면 알바하면서 다녀야 되잖아. 아마 잘나가는 애들이랑 놀 새도 없을걸? 연서네 오빠는 시립 전문대 다니면서도 학비 땜에 고생했는데 서울대 빼놓고는 학비도 엄청 비싸다며?"

언니의 표정이 시무룩해졌다가 이내 댕돌같아졌다.

"그렇지. 난 대학 가서도 쪼들리겠지. 다른 애들 놀 때 공부하고 알바해야겠지. 그렇지만 난 포기 안 해. 성공하려면 그 정도의 고충은 견뎌 내야지. 그게 성공의 기틀이 된대. 우리 경제 선생님이 그러셨어. 그러니 난 절대 기죽지 않을 거야. 난 악착같이 성공할 거라고. 내가 돈 있고, 힘 있으면 이런 시장통 만두 가게에 목숨 걸지도 않을 거고, 이 후진 시장통 지킨다고 가족 내팽개치지도 않을 거 아니야."

언니의 말에 불뚝성이 났다.

"언니 지금 그게 무슨 말이야? 그럼 아빠가 가족을 내팽개쳤다고?"

"일부러 내팽개친 건 아니지만 결론은 그런 거나 마찬가지지."

나는 머리칼이 곤두서도록 화가 났다.

"언니, 언니 정말 너무하다. 어떻게 아빠한테 그렇게 말할 수 있어? 언니는 언니 하고 싶은 대로 다 하잖아. 집안일 하나도 안 하고 신경도 안 쓰고 공부만 하잖아. 할아버지랑 엄마가 만두 팔아서 버는 돈으로 비싼 인터넷 강의도 다 듣게 해 주고, 문제집도 다 사 주잖아. 우리 형편에 그 정도면 정말 과분하거든. 뭐든 다 자기 맘대로 하면서 왜 아빠한테 뭐라고 해? 우리 시장 사람들을 지키는 게 우리 가족을 지키는 거지 아빠가 우릴 언제 내팽개쳤어?"

"최소한 일찍 보상금 받고 나갔으면 이렇게 되지는 않았지."

"그러고 나가서, 할아버지랑 아빠랑 뭐 하라고?"

언니는 잠시 입을 다물고 있다가 매몰차게 말했다.

"그러니까. 못 배우고 무식하니까 이도 저도 못 하잖아. 그래서 난 공부를 해야 한다고. 말 시키지 마."

언니와 말을 하다 보면 울화통이 터질 것 같다. 나는 언니 말에 발끈해서 따져 물었다.

"좋은 대학 경영학과 가서 CEO 되면, 정치인 되면 어떻게 살 건데? 우리 같은 힘 없는 사람들을 위해 일할 거야? 언닌 어떻게 나보다도 더 모르냐? 이게 뭐 시장 한 사람 문제야? 아니거든. 봐, 여기서 십 분 거리에 대형 할인 마트가 세 군데야. 거기다가 여기 재개발하는 건설 회사 사장이 시장 고등학교 동창이래. 그리고 그 건설 회사 꼬임에 넘어간 재개발 조합이랑 다 지들끼리 편먹은 거라고. 몰라? 아빠가 그랬어, 이건 시장 한 사람이 잘못한 게 아니라고. 언니가 힘을 가지면 그 사람들하고 싸울 수 있을 거 같아? 아빠가 재개발 때문에 시랑 싸우면서 가장 힘든 게 뭐라고 했는 줄 알아? 자기 이익만 따지면서 전체의 이익을 위한 일에는 발빼는 사람이라고 했어. 언니도 언니만 성공하면 뭐 다 될 줄 알지? 절대 안 그렇다고 했어."

언니는 가방 앞주머니에서 분홍색 고무로 된 귀마개를 꺼내더니 귀를 틀어막으며 말했다.

"뭣도 모르면서 까불지 마. 아무리 내가 너보다 더 모르겠니? 알아서 이러는 거야. 이제부터 나 공부해야 돼."

언니의 태도가 고깝기도 했지만 언니의 매몰찬 모습에 그만 서러워지고 말았다. 책상 앞에 앉은 언니의 등을 보는데 눈물이 나왔다.

연서나 언니의 마음을 이해하려고 하지만 그럴 때마다 답답해진다. 우리 언니는 언니 말대로 좋은 대학에 갈 확률이 높다. 시험 때면 하루 세 시간만 자면서 공부하니 목표를 반드시 이룰 거다. 언니는 야무지고 똑똑하니까 언니 말대로 성공할 수도 있을 것 같다. 그런데 나는 그런 언니가 가엾다. 나는 언니의 꿈이 교사일 때가 그립다. 언니랑 잠자리에 들기 전에 친구들 얘기하고, 같이 다리가 길어지는 체조도 하고, 만두를 먹으며 드라마를 보던 그때가 그립다.

8

가을이다. 무너진 건물 더미 사이로 보랏빛 개쑥부쟁이와 돼지풀꽃이 피었다. 도대체 어디서 씨가 날아와 이 도시 한가운데 꽃이 피었는지 신기하기 짝이 없다. 사진기를 꺼내 개쑥부쟁이 꽃을 찍으려 하는데 휴대 전화가 울렸다. 연서 번호였다. 망설이다가 전화를 받았다. 다급한 목소리에 울음이 섞여 있었다.

“아람아, 큰일 났어. 우리 엄마랑 아저씨들 상가 옥상에 올라갔어.”

“상가 옥상에? 왜?”

“몰라, 상인 대표들이 상가 주인이랑 시에서 대화조차 안 해 준다고 최후의 수단으로 올라간 거래. 임대 상인들 주장 들어줄 때까지 안 내려온다면서 올라갔대. 아람아, 우리 이제 어떻게 해."

"연서야, 울지 마. 내가 갈게. 좀만 기다려. 응?"

상가 앞에 도착하니 경찰차와 전경 버스가 빙 둘러 벽을 치고 있었다. 경찰이 상가 앞 삼거리의 차선을 막는 바람에 밀리기 시작한 차들이 여기저기서 경적을 울려 대고 있었다. 버스를 기다리거나 길을 가던 행인들도 인도를 꽉 메우고 상가 옥상을 올려다보고 있었다. 시장 사람들이 옥상 난간에다 플래카드를 펼쳐 달았다.

서민 몰아내는 뉴타운 중단하라.

영세 상인 죽이고 명품 도시 웬 말이냐!

용산 참사 기억하라!

"아람아, 저기야. 울 엄마 저기 있어."

연서가 가리키는 쪽을 보니 연서 엄마가 마스크를 쓴 채 연서를 내려다보며 팔로 하트 모양을 해 보였다. 그 모습을 보며 연서가 다시 펑펑 울기 시작했다.

"우리 엄마, 임시 상가 마련해 준다고 할 때까지 안 내려오실 거래."

연서는 엄마의 모습이 안 보이자 불안해서 손톱을 물어뜯으며 발을 동동 굴렀다. 나는 연서 손을 잡고 맞은편 건물인 5층짜리 서점 건물 옥상으로 올라갔다. 거기는 연서네 상가 4층짜리 옥상보다 높이가 높아 농성하는 사람들이 한결 잘 보였다. 아줌마 아저씨들이 옥상에서 플래카드를 들고 아래를 내려다보고 있었다. 그동안 저 상가 뒤 시

장에서 일어났던 수많은 일들이 떠올랐다. 재개발은 우리 가족의 평범한 행복을 빼앗아 갔다. 교사가 되고 싶다던 언니의 꿈이 정치가로 바뀌고, 죽을 때까지 만둣집을 할 거라던 할아버지의 꿈도 깨졌다. 백 년 전통의 만둣집을 이어 가자고 약속했던 아버지와 내 꿈도, 유아용품 가게를 하며 세 식구가 오순도순 살겠다던 연서네 꿈도 모두 깨졌다. 그렇다고 모든 꿈이 끝난 것은 아니다. 장 씨 아저씨는 명성시보다 작은 지방의 도시에다 또 다른 'Jang's 가죽 슈즈'를 낼 거고, 12월에 출소할 아버지는 명성시 변두리에다 우리 만둣집을 다시 낼 거다. 꼭 그래야 한다. 그리고 나도 새로운 꿈을 갖게 되었다.

가방에서 사진기를 꺼냈다. 건너편 옥상을 바라보며 발을 동동 구르는 연서의 모습을 찍기 위해 사진기를 들었다. 눈물 때문에 초점이 잘 맞지 않는다. 그러나 나는 오늘 절대 사진기를 내리지 않을 거다. 연서 엄마, 연서 엄마와 함께 저 옥상으로 올라간 시장 사람들에게서 눈을 떼지 않을 거다.

* 이 책을 마중물 삼아 「꿈을 지키는 카메라」가 수록된 소설집 『조커와 나』(창비 2013)를 읽어 보시기 바랍니다.
* 작가 사진 ⓒ유동훈

작가의 말

김중미

꿈은 우리가 디딘
땅 위에서 시작됩니다.

추천의 말

책과 멀어진 친구들을 위한 마중물 독서

수업 시간 대부분을 잠으로 보내거나 수다로 보내는 많은 학생들을 떠올립니다. 그런데 글쎄, 어떤 친구들은 수업 시간에 추천한 책을 사서 며칠 만에 다 읽고, 친구들과도 함께 읽고 싶다면서 학급 문고에 기부를 합니다. 스스로 책을 사서 자발적으로 읽는 게 흔한 풍경은 아닌데, 그렇게 예쁜 모습을 보이니 선생님도 신이 나서 칭찬을 많이 해 주었습니다.

독서에 흥미를 붙이면 삶을 아름답게 꾸며 나갈 수 있다고 이야기해 주었습니다.

그러나 이런 풍경이 흔하지는 않습니다. 어릴 적에는 부모님께 같은 책을 여러 번 읽어 달라고 조르기도 하고, 그 이야기 속에서 상상의 나래를 펼쳤던 아이들이 청소년기에 접어들면서부터는 이제 책 읽기가 싫다고 말합니다. 몇 해 전부터는 학교 현장에서 소설 한 편 읽기를 하고 나면, 이렇게 긴 글은 처음 읽어 봤다는 반응이 나옵니다. 그럴 때마다 교사로서 씁쓸한 마음이 듭니다.

'소설의 첫 만남' 시리즈는 이런 현실에 돌파구가 되어 줄 만한 새로운 청소년소설 시리즈입니다. 국어 교사들이 머리를 맞대고 동화책에서 소설로 향하는 가교 역할을 해 줄 만하며 문학적으로 완성도가 높고 흥미로운 작품을 엄선하여 꾸렸습니다. 책이

게임이나 웹툰보다 재미없다고 생각하는 학생들, 독해력이 다소 부족한 학생들도 '소설의 첫 만남' 시리즈를 통해서라면 문학의 감동과 책 읽기의 즐거움을 새롭게 경험할 수 있을 것입니다. 무엇보다 재미있습니다. 부담이 적습니다. 한 시간 정도면 충분히 읽을 수 있는 짧은 분량과 매력적인 일러스트 덕분에, 책과 잠시 멀어졌던 청소년들도 소설을 읽는 즐거운 '첫 만남'을 가져 볼 수 있습니다.

문학은 힘들고 지칠 때 위로를 건네고, 어떻게 살아야 하는지 지혜를 전하며, 다양한 삶의 가치를 일깨워 주는 보물이라고 믿습니다. '소설의 첫 만남' 시리즈를 통해 청소년들은 때로는 자신이 주인공이 되고, 때로는 주인공의 친구가 되는 듯한 몰입을 경험하면서 문학이 주는 재미와 기쁨을 마음껏 누릴 수 있을 것입니다.

우리 친구들이 소설 작품에 대해 재미있게 이야기하는 멋진 풍경을 기대하니 마음이 설렙니다. 스마트폰에 시선을 빼앗긴 채 이것저것 기웃거리면서 '대충 보기'에 익숙해진 학생들, 긴 글 읽기에 익숙하지 않아 책 앞에서 주리를 트는 학생들, "초등학교 4학년 이후로 책을 읽어 본 적이 없다."라고 고백하는 '독포자'들을 위해 기꺼이 추천합니다.

"얘들아, 이제 재미있게 읽자!"

'소설의 첫 만남' 자문위원

서덕희(경기 광교고 국어교사)

신병준(경기 삼괴중 국어교사)

최은영(경기 미사강변고 국어교사)

소설의
첫 만남 03

꿈을 지키는 카메라

초판 1쇄 발행 | 2017년 7월 10일
초판 14쇄 발행 | 2023년 2월 8일

지은이 | 김중미
그린이 | 이지희
펴낸이 | 강일우
책임편집 | 김영선 정소영
조판 | 박지현
펴낸곳 | (주)창비
등록 | 1986년 8월 5일 제85호
주소 | 10881 경기도 파주시 회동길 184
전화 | 031-955-3333
팩시밀리 | 영업 031-955-3399 편집 031-955-3400
홈페이지 | www.changbi.com
전자우편 | ya@changbi.com

ISBN 978-89-364-5857-7 44810
ISBN 978-89-364-5972-7 (세트)

* 책값은 뒤표지에 표시되어 있습니다.